Sturm der Zauberer

© 2021 Der kleine Frank

Buchsatz von tredition, erstellt mit dem tredition Designer

ISBN Softcover: 978-3-347-46014-0
ISBN Hardcover: 978-3-347-46024-9
ISBN Großdruck: 978-3-347-46027-0

Druck und Distribution im Auftrag des Autors:
tredition GmbH, Halenreie 40-44, 22359 Hamburg,
Germany

Sarah O' Haras Aura stand im Himmel. Sie überblickte die Wälder, die Seen und kam zur Stadt, die um das Schloss herum gebaut war. Das Schloss selbst, obwohl sehr prächtig erbaut, beruhte nicht auf einer besonderen Bauweise gegenüber der Stadt. Vielmehr war die ganze Stadt selbst sehr prachtvoll und bildete das Königreich Avenizien. Die Königin war gerecht und bewahrte ein wichtiges Geheimnis, was sich in den Gewölben des Schlosses verbarg. Sie ging weiter hinein und fand die Königin im Thronsaal sitzen. Sie war eine hübsche Frau im Alter von 40 Jahren, mit langem schwarzen Haar. Ihre schlanke Statur von 1,75m wirkte klein gegenüber dem Mann der vor ihr stand, doch obwohl sie saß, wirkte sie durch ihre ruhige und respektvolle Art ihm gegenüber erhaben. Starko Perow war 1,90m, breit und muskulös, er hatte eine Glatze, die ihm sehr gut stand. Seine braunen Augen schauten auf die Königin, während er zu ihr sprach. Sarah war nicht nah genug um ihn verstehen zu können, darum kam sie näher. Ihre Aura war für die anderen nicht zu sehen, somit brauchte sie da keine Angst haben erwischt zu werden. "Jort und seine Männer planen etwas, sie haben sich eine Karte besorgt, von dem Schloss. Ich weiß zwar, dass die Gewölbe da nicht drauf sind, aber ob Slei da irgendwie mitwirkt macht mir große Sorgen. Gegenüber Jort sind wir gut aufgestellt und ebenbürtig. Aber ich kann nicht gegen Slei kämpfen, so sehr ich von ihm auch angewidert bin, er ist ein Zauberer und ich kann es nicht mit ihm aufnehmen" seufzte er und runzelte mit der Stirn. "Das musst du auch nicht Starko, ich danke dir für deine Loyalität und alles was du für unser Königreich tust. Sarah wacht zum Glück über das Schloss, ebenso ist auch Leo da" die Königin lächelte und blickte Starko mit ihren grünen Augen an. "Leo ist auch ein komischer Kauz, vorhin futterte er das Hühnchen weg, was für heute gedacht war und dann schlief er auf dem Fussboden, dabei schnarchte er so, dass die Katze ihn anfauchte" Starko runzelte noch mehr die Stirn. Königin Luisa lachte laut auf und wippte dabei auf ihrem Thron "Ja, Leon ist wirklich ein Kauz, aber weise und sehr mächtig". Starko's Gesicht wurde bleich und er nickte dazu. Er wusste, dass Leo zwischen seinen Merkwürdigkeiten und Verrücktheiten, ebenso klug wie mächtig war, auch wenn man dies oft vergaß, in Anbetracht der ganzen skurrillen Erlebnisse die ihn betrafen. Sarah entfernte sich wieder von dem Gespräch und zog sich auf ihren Körper zurück, als sie wieder ihre Augen öffnete, saß sie im Schneidersitz bei sich in ihrer Hütte, abseits im Wald, gut geschützt mit Barrieren und Schutzschilden, sodass sie dort keiner finden würde. Sie dachte über Leo nach, er war 1,75m und nicht gerade vom Aussehen her kräftig gebaut, viel mehr war er dürr, fast knochig und mit seinen braunen Haaren die oft wild um seinen Kopf lagen, wirkte er eher wie 17, als wie 27. Doch seine braunen Augen hatten etwas magisch Tiefes und zogen sie immer in ihren Bann wenn sie Blickkontakt hatten, es wirkte als könnte er weit in sie hineinsehen. Sie dachte über ihren Trainingskampf mit ihm nach, da hatte sie ihn mit sehr starken Attacken angegriffen und er wirkte nicht bedroht, sondern fast so als würde es ihn nicht stören. Sie hatte zwar den Kampf gewonnen, aber nur, weil er über den Hocker stolperte und dann als er auf den Boden schlug, dabei müde wurde und einschlief. Ja, komischer Kauz, dachte sie und musste ebenfalls laut auflachen.

"Jort, hast du herausgefunden, wo er versteckt ist?" ging die eisige Stimme durch die Luft und traf Jort Kiona durch den ganzen Körper. Slei Trowin der Zauberer, schauderte es ihn immer noch, es fiel ihm sehr schwer in der Gegenwart des Zauberers zu sprechen, auch wenn er größer und breiter war, wirkte er trotzdem wie ein kleines Kind ihm Gegenüber "Nein, leider nicht. Niemand weiß etwas. Keiner unserer Spione konnte nicht mal herausfinden wo der Eingang der Gewölbe überhaupt ist. Meine Männer haben auch Angst davor den Aufenhaltsort von Sarah herauszufinden". Slei blieb stehen und dachte kurz nach,

Sarah O' Haras, die kleine blonde Zauberin. Sie war nur 1,65m und wirkte wie ein süßes Bonbon. Aber ihre innere Bewegung war so raumübergreifend, dass Jort und seine Männer fast zerfetzt wurden. Ihre blauen Augen strahlten so eine Stärke aus, zum Glück kam er gerade noch zur rechten Zeit um Jort und die Männer da rauszuholen und ihre Angriffe zu stoppen. Ja, Sarah war ein wirkliches Hindernis und dann gab es ja noch Leo. Als er an Leo dachte, verzog er seine Mundwinkel. Leo der Zauberer, plünderte ihren Weinkeller und lag dann bei ihnen besoffen im Schweinestall rum. Trotzdem konnte er ihn nicht angreifen, er hatte es probiert ihn zu töten, einfacher als im besoffenen Zustand war es ja wohl nicht möglich, doch trotzdem gelang es ihm nicht. Allerdings hat sich Leo nie zum Kampf gestellt oder eine Position bezogen zwischen Sarah und ihm. Komisch, dachte er noch, als er sich umdrehte und Jort einfach stehen lies. Also wenn Slei so grübelt, wirkt er noch gruseliger als sonst, schoss es Jort durch den Kopf. "Slei, hast du" konnte er gerade noch rausbringen, als Slei verschwand und sich in Luft auflöste. Jort ging zu seinen Männern, sie waren ungefähr in seiner Größe, von 1,80m bis 1,90m war alles vertreten. Jort Kiona selbst war 1,90m und ebenso breit wie muskulös, stolz und mit einem gewaltigen Ego. Damit glich er zumindest mit den äusseren Attributen Starko Perow, er jedoch war blond und hatte blaue Augen. Sie wuchsen zusammen auf und trainierten gemeinsam zu der damaligen Zeit, denn da waren sie wie Brüder. Heute mit 28, waren sie Feinde. Was ist nur schief gelaufen, dass er sich Königin Luisa anschloss und ihr Schoßhund wurde, ging es ihm durch den Kopf. Er hatte geglaubt, dass sie beide die Königin stürzen können und an ihrer Stelle herrschen würden. Tja, so änderte sich das, Starko wendete sich gegen ihn, stellte sich auf die Seite der Königin und die Männer teilten sich, einige gingen mit Starko, andere blieben bei ihm. Von diesem Tag an, wurde Jort zum König der Diebe und raubte regelmässig das Dorf aus, was natürlich zu Kriegen mit Starko führte. Als eines Tages Slei zu ihm kam, von einem Lichtkristall erzählte der bei Luisa im Gewölbe verwahrt war und mit einem Zauberer an der Seite die ganze Sache am Anfang erst leichter erschien, hatte er allerdings auch hier wieder nicht vorhersehen können was dann geschah. Es tauchte Sarah O' Haras auf und stellte sich ihnen in den Weg. Die Kämpfe mit Slei und ihr waren so extrem gruselig für alle Seiten, für Starko und seine Männer, wie auch für ihn selbst, zog es sie jedesmal ins Grauen, wenn sie bei ihren Kämpfen dabei waren. Bei seinen Männern ange- kommen, ging es ihm wieder besser und er machte sich an weitere Gespräche mit ihnen um mit der Planung voranzukommen.

Slei war in der Wüste angekommen und betrat das Zelt, drinnen saß Leo auf dem Teppich und kaute auf einem Fleischstück rum. "Slei Trowin komm herein, was willst du von mir?" schmatzte Leo ihm entgegen. "Wie immer sehr direkt. Ich will mit dir über deine Position reden. Du hast dich nie in Kämpfe eingemischt und warst immer neutral uns allen gegenüber. Warum ist das so? Komm auf meine Seite" sprach Slei, der sich jetzt zu Leo auf den Boden setzte. "Nun, warum sollte ich mich einmischen? Ich interessiere mich weder für Luisa's Schloss, noch für deine Interessen. Schlag dich mit Sarah, mir egal" führte Leo weiter aus. "Interessiert dich überhaupt etwas? Du klaust essen, schläfst in unseren Gemächern. Was wenn ich dir erzähle, dass es in Luisa's Gewölben einen Schatz gibt?" gab Slei zurück. "Einen Schatz? Gut, ich höre" entgegnete Leo und hob eine Augenbraue an. "Ich kann dir keine Einzelheiten nennen, aber es würde sich auch für dich lohnen, stell dich mit mir gegen Sarah und dann ist der Weg frei" während Slei dies sprach, schnitt die Luft entzwei, dass Zelt wurde hoch gewirbelt, Slei sowie Leo flogen mehrere Meter nach hinten weg und Sarah stand in brennendem Feuerkreis vor ihnen und bereit dies gegen sie zu werfen. "Ihr verbündet euch gegen mich? Das klären wir jetzt hier ein für alle mal. Ich nehme es auch mit euch beiden auf" Sarah's Entschlossenheit brachte die Luft zum erstarren, sie zog sich tief in ihren Körper, schaffte ein Schutzschild und wollte gerade die Feuerangriffe starten, als Leo sich auf allen vieren krabbelnd hochrappelte und plötzlich in schwarzen Schatten verschwand. Slei jedoch erhob sich fast schon, als würde er fliegen, zog ebenfalls ein Schild hoch und drückte ihr eine Schockwelle entgegen die gegen ihr Schild krachte und sie zwei Schritte rückwärts gehen lies. Sie schleuderte die Feuerbälle wie eine Sturmflut gegen ihn und tauchte plötzlich vor ihm auf, als er die Feuerbälle stoppte. Ihr Schlag ging in seinen Bauch, doch er konnte ihn blocken und konterte, dies wehrte sie wieder ab. Leo saß in der Wüste auf einem Baum, den er wachsen lies um darauf eine gute Sicht auf den Kampf zu haben. Es hatte schon was lustiges die Beiden kämpfen zu sehen. Slei war 1,75m und Sarah 1,65m, dennoch waren beide gleichstark. Sie hatten ja auch beide denselben Lehrer gehabt, sie lernten beim Meister der Zeit. Er war ein alter knochiger Mann mit langem weißen Bart, doch er war ein unsterblicher und wer weiß, wie lange er schon lebte, tausend Jahre vielleicht, dachte Leo und grübelte wie man sich nach tausend Jahren denn so fühlen würde. Leo selbst war erst 27, sie alle waren noch sehr jung, Sarah war 25 und Slei 35. Nur Luisa war 40, was aber auch noch sehr

sehr jung war im Vergleich zu Tausend. Leo hatte sich immer gefragt, wer von den Beiden wohl der Stärkere war und die Kämpfe immer genossen, als Zuschauer natürlich. Meistens aber entwickelte sich immer ein unentschieden, so auch wie jetzt. Ein bischen enttäuscht sah Leo zu, wie die Beiden verschwanden und ein heftiges Schlachtfeld hinterließen. Sie waren zwar in der Wüste, aber der ganze Sand war aufgewühlt und der Anblick einfach unnatürlich verwüstet.

Starko schleifte gerade sein Schwert als Sarah auftauchte und noch in Rage war, es zog ihn auf die Zehenspitzen und er verlor jede Kontrolle über sich, die Luft wurde entzogen was ihm auch noch Luftnot einbrachte und er nicht mehr atmen konnte. Sarah entspannte sich als sie ihn da so hilflos sah und lies ihre Körperbewegung ruhen, was Starko seinen Raum zurückgab "Tut mir leid Starko. Ich hatte eben einen Kampf mit Slei und bin noch richtig wütend darüber, er hatte versucht Leo auf seine Seite zu ziehen". "Ach wirklich" fiebste Starko und fand seine Stimme gleich wieder, wodurch er erneut ansetzte um zu sprechen "Bist du ihm gefolgt? Konntest du herausfinden wo er sich versteckt hält? Wo Jort ist?". "Nein, Slei hat sich bestens geschützt und Jort ist ebenso in einem guten Versteck. Ich hatte Leo überwacht. Er hat so überhaupt keine Schutzvorkehrungen getroffen. Ich weiß immer wo er ist und da tauchte Slei auf, um mit ihm zu reden. Ich griff dann ein" gab Sarah zur Antwort. "Slei ist hinter dem Stein her und Jort will auf den Thron. Unsere Wachposten melden keine besonderen Auffälligkeiten. Dennoch bin ich besorgt was ist, wenn du weg bist und Slei taucht hier auf? Luisa sagte, ich solle mir da keine Sorgen machen, aber ich kann gegen ihn nichts ausrichten!" warf Starko mahnend zu Sarah. "Slei kommt hier nicht rein, sobald er im Königreich auftaucht, weiß ich es. Ich habe hier den Raum unter Kontrolle. Da brauchst du dir keine Sorgen zu machen. Ich werde versuchen herauszufinden, wo sich Jort aufhält und dann gebe ich dir Bescheid".

Jort war über Karten gebeugt, die er studierte. Tatsächlich hatte er es geschafft über Spione an Kartenmaterial der Gewölbe zu kommen, in der tiefsten und letzten Kammer, sollte der Stein liegen. Was es mit dem Stein auf sich hatte, wusste Jort nicht, er hatte mit Slei den Deal abgeschlossen, dass er das Königreich bekäme und Slei den Stein. Wie sie in die Stadt und das Schloss kämen, war auch schon alles geplant, nur das Gewölbe hinderte sie daran, denn die ganze Aktion müsste schnell gehen, sodass sie den Stein an sich bringen können um dann endlich das Gleichgewicht der Kräfte zu ihren Gunsten zu verändern. Bis zum Gewölbe würde Sarah es nicht bemerken, Slei hatte einen Weg gefunden um sich vor Sarah zu verbergen, nur hielt das nicht lange an, beziehungsweise, würde Sarah ihren Fehler erkennen. Jort wusste, dass entweder er oder Starko das Leben verlieren würden, so oft kämpften sie und beide waren bereit bis zum Tod zu gehen, doch Sarah kam immer dazwischen. Sie selbst hatte noch nie getötet, anders als Slei, der dabei eine Grausamkeit an den Tag legte, die wirklich herzlos war.

Luisa stand am Fenster und schaute raus, ihr Geheimnis, welches sie mit sich herum trug, war manchmal extrem schwer. Sie war nicht nur die Königin von Avenizien und musste sich um das Volk kümmern, was ihr allerdings sehr viel Freude bereitete, wenn sie den Menschen um sie herum gutes tat, sondern es war etwas was sie bewachte in den Gewölben. Ihre Eltern und ihre Großeltern, taten es schon vor ihr. Wie viele Generationen lang wusste sie nicht genau, doch sie kannte die Geschichte. Der Stein des Lichts, der die Unsterblichkeit dem Meister der Zeit schenkte, welcher tausend Jahre lebte bis heute, war in ihrem Gewölbe versteckt. Sarah und Slei waren beide Schüler von ihm. Die letzten Zauberer, Leo mal abgesehen, wurden ausgebildet vom Meister der Zeit. Zum einen ist es ein Geheimnis wo der Stein ist und zum anderen ist er im Gewölbe durch einen sehr starken Bann geschützt. Vielleicht sollte sie den Stein einfach Sarah geben und sie unsterblich werden lassen, aber sie lehnte es immer ab, ganz im Gegenzug zu Slei. Ebenso hatte Luisa auch schon daran gedacht, den Stein einfach zu vernichten, aber sie kam nicht ran, nur ein Zauberer könnte dies tun. Zuerst dachten sie, dass Leo hinter dem Stein her war, aber ihn interessierte nur essen, schlafen und das im Wechsel. Alle Tests bestand er ohne Probleme. Starko kam herein verneigte sich mit den Worten meine Königin und begann zu sprechen "Meine Spione haben mir mitgeteilt, dass Jort einen Angriff plant, wir sollten uns vorbereiten und sie aus der Schussbahn nehmen". "Ach Starko, lass das doch bitte mit dem Verbeugen, ich werde meinen Platz hier nicht verlassen und wenn du glaubst ich sei schwach, dann nimm dein Schwert". Starko schaute verdutzt auf sie herunter, als Luisa in ihrer Hand ein Schwert hielt und mit schnellen Schritten auf ihn zu kam. Er zog blitzschnell sein eigenes Schwert und parierte ihren Hieb. Während sie ihn immer weiter angriff und er blockte, lächelte er. Sie war echt eine starke und kluge Frau, dies fiel ihm gerade in dieser Situation auf, als das schwarze Haar ihr beim kämpfen umherschwirrte. Sein Herz wurde wärmer. Zeit es zu beenden, ging es ihm durch den Kopf, er blockte den letzten Schlag mit voller Härte, sodass ihr Schwert weggeschleudert wurde, dann verneigte er sich noch tiefer und lächelte sie an "Meine Königin, ihr Können am

Schwert ist wirklich gut, sie könnten einige meiner Männer locker besiegen. Ihr Wunsch zu bleiben ist durchaus realistisch" dann drehte er sich um und ging gedankenverloren weg. Luisa spürte ein Pochen in sich, dieser muskulöse Glatzkopf tat es ihr immer an, wenn er sich wie ein riesiger Kampfpanzer bewegte, dass er ihr Schwert locker weggeschlagen und sie besiegt hatte, lies ihr Herz pulsieren.

Slei war so tief in sich zurückgezogen, dass alles um ihn herum verschwand und sich zu purer schwarzer Dunkelheit wandelte. Er bereitete sich darauf vor, endlich unsterblich zu werden. Den Übergang trainierte er täglich, so wie er es von seinem Meister gelernt hatte. Dieses Geheimnis der Unsterblichkeit vom alten Meister der Zeit, würde ihn ebenso mächtig machen und dann könnte er endlich Sarah loswerden.

Leo öffnete gerade die Küchentür des Schlosses als er bei Sarah's Anblick kurz zusammenzuckte. "Was sollte das in der Wüste? Wolltest du dich mit Slei zusammentun? Wie kannst du es wagen, hier noch herzukommen?" brüllte sie Leo an. "Ach, das war gar nichts. Ich war nur neugierig, warum er mich aufsuchte. Du weißt doch ich habe für eure Liebeleien nichts übrig. Ich habe nicht darum gebeten von euch beiden immer zu eurem Tanz dazu geholt zu werden" gab es gelangweilt von

Leo zurück. "Was? Liebeleien? Unser Tanz?" sie wurde echt wütend und bekam einen roten Kopf "Was erlaubst du dir?". "Ach, erzähl mir doch nichts, du stehst doch insgeheim auf ihn" lachte er mit der Torte in der Hand, während er wieder in den Schatten verschwand. Sie grübelte, Slei war 10 Jahre älter und fing früher mit seinem Unterricht an, als sie selbst. Aber sie lernte schnell und war später der Liebling vom Meister. Slei wurde irgendwann emotional kalt, völlig stur und fixierte sich nur noch auf die Unsterblichkeit, kein weiterer Gedanke, kein weiterer Wunsch. Nur noch unsterblich bla bla. Sie konnte es später gar nicht mehr hören und als der Meister eines Tages verschwand, lies er den Zettel mit dem Geheimnis zurück. Sie wurde rot, denn sie fühlte sich ertappt von Leo.

Slei kam wieder zurück, öffnete seine Augen und war bereit jetzt endlich seinen Weg gehen zu wollen. Solange hatte er trainiert und sich vorbereitet auf den alles entscheidenden Angriff. Im unteren Stock angekommen, in der großen Halle seiner Festung, tief im Dunkelwald verborgen, hinter etlichen Schutzschilden und der natürlichen Barriere des Nebels, suchte er den Kontakt zu Jort, der ebenso bereit schien. "Ich habe auf dich gewartet Slei Trowin. Wir sind bereit endlich das Schloss anzugreifen und den Stein zu holen. Danach, wirst du endlich stark genug sein um

Sarah zu besiegen und ich bekomme dann das Königreich?" fragte Jort vorsichtig. "Ja, das bekommst du. Ich habe daran kein Interesse. Sollte ich mein Ziel erreicht haben, dann werde ich mich zurückziehen und weiter meine Macht erweitern" kam die Antwort von Slei. Bei dem Gedanken Slei noch mächtiger zu erleben, blieb die Vorstellungskraft hängen, für Jort war Slei schon eine Form von Naturgewalt, dies noch zu steigern... Er hatte jetzt schon Angst vor ihm, als er sich erinnerte wie Slei einen seiner Männer regelrecht zerfetzt hat, als er seinen Auftrag verpatzte. Von innen zerfetzt und der Körper klatschte zu Boden, während das ganze Blut aus sämtlichen Löchern lief. Slei trat mitten durch das Blut und hinterließ Blutabdrücke mit seinen Füßen. Aber sein Wort hatte Slei nie gebrochen und darum vertraute er ihm, er mag bösartig sein, aber ein Lügner war er nicht. Draussen warteten 20 Männer ausgerüstet mit Schwertern und Messern. Es sollte ein kleiner Stoßtrupp werden. Slei würde sie ans Schloss bringen und die Schutzschilde unterlaufen, dann würde er Sarah beschäftigen, solange bis die Männer den Stein haben, da sie mittlerweile den Aufenthaltsort genau wussten, könnte Slei, wenn der Stein in Besitz ist, sie dann alle wieder zurückbringen. Es sollte diesmal kein endgültiger Kampf werden, sondern nur eine Rein-Raus Aktion für den Stein. Ein Kampf ohne die Unsterblichkeit gegen Sarah würde gleichstand bedeuten. "Nun, dann greifen wir an" rief Jort seinen Männern entgegen und Slei umhüllte alle mit einem Nebel der sie verschwinden lies.

Der Wachposten ging gerade draussen an der Mauer entlang, kam an die Tür und wollte sie gerade aufschliessen, als ihn ein Messer am Hals traf und er zusammenbrach, wodurch er dann auf dem Boden in seiner Blutlache starb. Slei ging vor, trat auf die Leiche des Wachpostens und hob die Hand, was die Tür durch seine Druckwelle aufbrach. Der Stoßtrupp teilte sich auf, 18 Männer stürmten durch das Schloss um in den Gängen gegen die Truppe von Starko zu kämpfen, Jort mit zwei Mann rannten in die Gewölbe und Slei bereitete sich darauf vor, Sarah zu beschäftigen, sodass sie nicht die anderen aufhalten konnte. Die 18 Mann griffen jeden Menschen an, der ihnen begegnete, von Dienstpersonal, was sie dann gnadenlos abschlachteten, Schwerter die Fleisch zerschnitten, Köpfe und Arme die abgetrennt wurden, bis zu jedem der sich ihnen kämpfend in den Weg stellte. Luisa war vor Starko bei dem Angriffstrupp und tötete gleich mit ihrem Schwert zwei Mann. Sie schnitt dem Ersten gegen die Finger, wodurch das Schwert runterfiel, sie packte den blutenden Arm und zog das Schwert durch seine Kehle, dass Blut spritzte gegen den Zweiten, wodurch er das Schwert von Luisa nicht kommen sah, was ihn dann durchbohrte. Der Dritte schlug Luisa von hinten auf den Rücken, sie stolperte nach vorne, schaffte es aber das Schwert abzuwehren, als der dritte Mann angehoben und mit einer Lanze durchbohrt zu Boden geschleudert wurde. Starko war in Rage und schlachtete einen nach dem anderen ab. Sein Schwert flog brachial durch das Fleisch, der Tod war nun allgegenwärtig. Starko selbst war ebenfalls voller Blut, wodurch das Rot die Farbe des Geschehens bestimmte.

Es dauerte nicht lange als eine gigantische Schockwelle gegen Slei's Schild traf. Die Wände wackelten und der Raum um ihn herum verlor an Substanz, jeden gewöhnlichen Menschen hätte dies ins Kleinste hinein zerborsten. Doch Slei hielt stand, seine roten Augen fixierten Sarah, alles was er hatte zog er in sich hinein und mit seiner gesamten Power stellte er sich ihr in den Weg. Sarah ging ebenfalls all in und beide krachten gegeneinander. Ihre Schläge wurden gegenseitig geblockt, sie kämpften mit allem, Feuerstürme, Blitze, Kampftechniken, alles was sie hatten kam zum Einsatz. Sie waren gleichstark, es war ja auch nur ein Spiel auf Zeit.

Jort und die zwei Begleiter kamen schneller als gedacht durch das Gewölbe, es stimmte exakt so, wie auf der Karte beschrieben und sie kamen durch die magischen Barrieren ebenso schnell durch. Sie erreichten die Tür, brachten den Sprengsatz an und alles in allem ging es schneller als die Realität eigentlich zulassen würde, denn es ist doch immer ein quentchen Glück vorhanden, so wie auch ein klecks Pech, jedoch kamen sie reibungslos zum Stein, auch das Wackeln der Wände durch den Kampf der beiden Zauberer, störte ihren Weg nicht. Jort griff den Stein, er glühte auf voller Licht, mit ihm liefen sie zurück zu Slei. Bei Slei angekommen, war der Raum um die beiden Zauberer nicht zu ertragen. Jort und die beider Kämpfer konnten gerade noch schreien, als ihre Körper sich anhoben und jeder Halt sowie Kontrolle verloren gingen. Slei sah sie und das war ihm genug, auf die restlichen Kämpfer noch zu warten interessierte ihn in keiner Weise. Er zog sich zurück, hüllte Jort und die Beiden mit ein, woraufhin sie verschwanden in dunklen Schatten. Sarah griff noch an und schaffte es einen der Kämpfer zu berühren, was ihn festhielt am halben Körper. Dann war Slei mit Anhang verschwunden und Sarah erblickte den halben Körper des Kämpfers der blutend zusammenbrach. Sarah hatte zum ersten Mal getötet und ihre innere Emotion zerriss mit ihm, sie brach heulend zusammen, hatte sie sich doch als Ehre gesetzt nie zu töten. Solche Sorgen hatte Slei nicht, es kümmerte ihn ja auch gar nicht, dass viele bei dieser Aktion ihr Leben gelassen hatten, dies war ihm völlig egal. Er nahm jetzt noch nichtmal Rücksicht auf Jort, in fliessender Bewegung nahm er den Stein aus seiner Hand und verschwand, während Jort, der letzte Kämpfer und die blutige Hälfte des Kriegers zurückgelassen wurden. Jort hatte damit gerechnet und vertraute auf Slei's Wort, dass er zurückkäme, wenn er sein Ziel erreicht hatte, schließlich würde er dann den Kampf mit Sarah aufsuchen und quasi zum großen Finale ziehen, was endlich anstehen würde. Er und der Krieger nahmen die Hälfte der Leiche und begruben sie im Garten um ihn zu ehren. Die Kämpferseele ist immer rein, auch wenn Jort es mit der Moral sehr flexibel hielt.

Als der Letzte der verbliebenen 18 Kämpfer blutend zusammenbrach und Starko mit Luisa im Blutbad stand, drehte er sich zu ihr um und sie schauten sich in die Augen, er zog sie zu sich ran und sie küssten sich. Er hob sie auf und ihre Lust aufeinander brachte sie ins Schlafzimmer von Luisa. Beide hatten nach diesen aufgewühlten Erlebnissen ihr Gleichgewicht wiedergefunden, der physische Abbau der Lust festigte sich in ihnen und brachte sie nun sehr nah zusammen. Sie hatten nun den Kopf dafür, die Überlebenden zu versammeln und sich gemeinschaftlich einzufinden um einen Überblick von allem zu bekommen. Die Verletzten wurden versorgt, dass Schloss gereinigt und die Schutzmaßnahmen verstärkt. Sarah sprach mit Starko über ihre Gefühle und das Töten. Starko hatte, obwohl er ein anderes moralisches Verständnis hatte als Jort, mit dem Töten trotzdem keine Probleme, er sah es als notwendiges Übel an. Luisa sah es als den letzten Ausweg an und wenn dieser Weg gegangen werden musste, dann ging sie ihn. Sarah fühlte sich schlecht und wollte nie wieder töten, dennoch konnte sie diese Situation jetzt erstmal erträglich einordnen. Zudem musste sie sich auch mit der Thematik auseinander setzen, wie Slei es geschafft hatte ihr Sicherheitskonzept zu überwinden.

Leo's Aura zog sich zurück von dem Schauplatz und er kam in seinem Zelt, welches wieder aufgeräumt in der Wüste stand, im Schneidersitz sitzend in Bewegung. Er dachte über die Kampfstile nach und überlegte, was ihre Fehler dabei waren und wie beide es hätten besser machen können. Leo hatte viel daran auszusetzen, dies würde er ihnen schon deutlich machen.

Slei war so tief in der Dunkelheit zurückgezogen, dass Raum und Zeit fast an Bedeutung verloren, er hielt sich genau an die Anweisung die der Meister der Zeit bei seinem Verschwinden zurückgelassen hatte, dennoch kam er nicht weiter, jedes zusätzliche experimentieren brachte auch keinen Erfolg, lediglich glühte und leuchtete der Stein, aber sonst passierte nichts. Er versuchte sich auch mit dem Stein zu verbinden, ihn zu aktivieren, jede weitere Konatktaufnahme zu dem Stein des Lichts scheiterte, es wirkte beinahe so, als ob der Stein völlig wertlos wäre. Wieviel Zeit vergangen war, wusste er nicht, als er ein Lachen hörte. Hier in dieser Abgeschiedenheit, mitten im Dunklen, stand Leo vor ihm und lachte. "Na? Kommst du zurecht? Wie funktioniert es? Sag bloß, du hast Probleme damit?" stichelte er Slei an. "Wie hast du mich hier gefunden? Was weißt du darüber? Kannst du mir helfen?" antwortete Slei. Die Tatsache, dass jemand ihm so tief in die Dunkelheit folgen konnte, sich auch noch lustig machte und anscheinend so viel wusste, entging Slei komplett, dachte er jetzt nur noch an die Unsterblichkeit, während er jede kommende Gefahr dabei völlig übersah. "Du dummer Hund, blind in deiner Aktion bist du diesem Stein hinterher gerannt, hast alles aufgegeben und wofür? Für ein Märchen du Schwachkopf. So ein Stein, kann doch niemals jemanden unsterblich machen. Bist du wirklich so dumm? Dein Kampf mit Sarah war gut, du hast viel umgesetzt und auch kluge Aktionen aneinander gereiht um sie in Schach zu halten, aber trotzdem bist du einfach nicht weiter gekommen, du hast dein komplettes Training vernachlässigt und einfach nicht gelernt. Die wahrhaftige Unsterblichkeit erreichst du nicht mit einem Stein oder sonstigem Schnick Schnack, Nein, nur durch echtes Lernen und überwinden eigener Fehler und Strukturen kannst du dich entwickeln. Doch nun ist es für dich zu spät, deine Rolle war letztlich nur ein totalverlust, so hatte ich zwar zwischendurch Freude an dir, aber jetzt langweilst du mich fast schon zu Tode". Slei kam nicht mehr dazu, auch nur irgendwas zu sagen, der Stein zerfetzte in kleine Stückchen und er selbst wurde jeglicher Kontrolle beraubt, die Präsenz die von Leo ausging war so gigantisch hoch, dass sich ihm die Haut löste und Stückchen für Stückchen abschälte. Während Leo lachend immer näher kam, seine Augen auf Slei gerichtet waren, wurden die Knochen von Slei sichtbar. Leo machte noch drei innere Bewegungen und Slei brachen daraufhin sämtliche Knochen, er wurde regelrecht pulverisiert. Diese Macht die auf Slei wirkte, war so stark, wodurch er gar nicht mehr schreien konnte, noch überhaupt zu irgendeiner Reaktion fähig war, er zerfiel einfach zu blutigem Staub. Das Lachen und die Kontrolle von Leo, waren so gruselig, dass selbst die Dunkelheit weglaufen wollte und mit dem Licht ein Wettrennen einging, was das Geschehen aber so befremdlich zeigte, das kaum jemand vermochte, diese Situation auch nur annähernd begreiflich zu beschreiben. Leo blieb allein zurück.

Es war sehr viel Zeit vergangen und Jort war zutiefst beunruhigt, was wenn Slei in seiner Unsterblichkeit verschwunden wäre? Was wenn Slei in Welten rumschwirrt und sich einfach nicht mehr mit normalen Sterblichen zusammentun kann? Solche Fragen geisterten in seinem Inneren und er wünschte sich irgendeine Antwort, als er ein leises Flüstern vernahm "Komm runter, du blonder Knilch, komm runter". Erschrocken zuckte Jort zusammen und eine beängstigende Aura ergriff von ihm Besitz. Er wusste instinktiv, dies kann sein Ende sein, wenn er auch nur den kleinsten Fehler machte. Jort ging runter und fand den letzten Mann tot auf dem Boden liegend, darauf saß Leo und schaute ihn mit so friedlichen Augen an, als wäre er voller Güte. "Pass auf, wir machen es ganz einfach und schnell. Ich will, dass du in einen Todeskampf mit Starko gehst, es interessiert mich, wer von euch Vollspackos der Stärkere ist. Ansonsten gehst du auf die Knie und unterwirfst dich. Wenn du das nicht tust, dann stirbst du genauso wie der Müll auf dem ich sitze. Hast du verstanden?" Jort verstand sofort, war sein Überleben ihm viel wichtiger als jeder Herrschaftsgedanke und diese Situation die ihn ergriff gab ihm sowieso keinen Ausweg. Er spürte den Tod so extrem nah, dass er aus reiner Angst schon auf die Knie sank und den Kopf zu Boden drückte. "Was bist du nur für ein rückgratloses Nichts, in dir ist kein Funken Rebellion. Du bist nichts als ein Sklavenabschaum" sprach Leo zu ihm und ging über ihn hinweg, als würde er eine Treppe rauf und runter gehen. Leo ging zur Tür und rief beim Rausgehen "Na komm Hund, steh auf und bei Fuß". Jort sprang auf und lief geknechtet Leo hinterher.

Luisa saß im Thron, daneben standen Sarah und Starko, darum versammelt standen weitere Krieger. Sie alle waren dabei ihre jetzige Situation zu besprechen, als die Männer alle tot umfielen und Luisa von ihrem Thron gezogen wurde und auf den Boden prallte. Aus dem Nichts erschien Leo mit Jort als Anhang. Sarah wollte sofort ihre Abwehr hochziehen und dann angreifen, aber sie flog auf ihre Knie, Hände wurden nach hinten gerissen und in eben dieser Position blieb sie bewegungslos hängen. Starko wurde durch Leo's Präsenz so zusammen gestaucht, dass ihn ebenso der Tod holen wollte. Geradlinig ging Leo auf den Thron zu und setzte sich darauf, dann veränderte er seine Gestalt. Jetzt war er ein knochiger, alter Mann und sein Bart war so lang, womit er als Wischmob für den Boden nutzbar gewesen wäre, dennoch war der Raum in absoluter Kontrolle seiner Bewegung. "Nun denn. Hier bin ich und das letzte Kapitel eures Lebens wird mir nun zur Erheiterung dienen. Sarah, du hast bestimmt viele Fragen, doch meine Zeit mit dir ist zu Ende und somit bekommst du jetzt noch als Abschiedsgeschenk den Showdown zwischen den beiden Vollspasten hier zu sehen" sprach er zu ihr, blickte dann zu Jort und ergänzte "Los Hund fass". Damit pulsierte in Jort das Blut, er stürmte auf Starko zu, der sich ebenfalls wieder voll bewegen konnte. All ihre Sinne waren zurück, stärker und präsenter als je zuvor, das Adrenalin kochte, ihre Emotionen brannten. Sie stürmten auf einander zu. Ein Schlag von Jort, geblockt von Starko, gefolgt von einem weiteren Schlag, ein Tritt zurück. Beide zogen ein Messer, ein Schnitt hier, einer da, Blut floss, Knochen brachen, der Kampf war voll im Gange. Sarah die dies jetzt anschauen musste ohne eingreifen zu können, konnte vor lauter Tränen nichts mehr sehen, alles drehte sich in ihr und sie musste mit ansehen, wie Beide sich gegenseitig in lauter Rage hinrichteten. Als die beiden Krieger blutüberströmt zusammenbrachen und sich ihr Leben in ihrem Körper lossagte, wurde Luisa angehoben und hing mitten in der Luft, wie eine Puppe unter Kontrolle. Leos Gestalt war zurück und er stand vor Sarah "Ich bin unsterblich und nach tausend Jahren ist die Langeweile so eine nervige Last, darum gönne ich mir zwischendurch ein Erlebnis so wie dies hier gerade. Du magst es vielleicht grausam finden und vielleicht ist das auch so, aber Moral und Ethik verschwinden nach sovielen Jahrzehnten. Wie dem auch sei, dies hier ist meine echte Gestalt. Der alte Knochen ist eine Meister-kreation, damit unterrichte ich meine Hauptfiguren, die mir dann meine Zeit mit schöner Unterhaltung erfüllen. Achja, falls du dich fragst, Slei ist tot und der Stein war nur Theater. Unsterblichkeit wird durch Lernen erreicht und nicht durch so einen Blödsinn wie ein Stein. Du wirst jetzt sterben und ich werde mich dann ganz zum Schluss mit dieser schwarzhaarigen Puppe beschäftigen. Danach werde ich schlafen gehen und mir dann vielleicht wieder ein weiteres Schauspiel ausdenken". Das Lachen von Leo war so tiefgreifend böse und vernichtend, das Sarah völlig überfordert war mit ihren Emotionen und den gewaltigen Wandlungen umzugehen. Sie konnte sich keine Nuance mehr bewegen und Starko mit Jort blutverschmiert sowie leblos da liegen zu sehen und zusätzlich noch Luisa in der Luft schwebend, mit dem Gedanken ohne Ausweg zu sein, brach ihr das Herz und sie erstickte an der Hoffnungslosigkeit ihrer Tränen. Leo beobachtete den absoluten Kontrollverlust mit einer Freude, was die Weite der Bösartigkeit schon fast nicht mehr steigern konnte. Er war so sehr damit beschäftigt diesen Moment zu genießen, das er gar nicht mitbekam wie im Raum rote Augen erschienen, mit einem stechenden Blick fixierten sie Leo und die treibende Macht in diesen Augen packte ihn und schleuderte ihn so heftig weg, sodass er durch mehrere Wände flog. Die Augen wurden zu einer Gestalt mit schwarzen Haaren und Slei Trowin stand im Raum, aber noch bevor Sarah die Situation verarbeiten konnte, wurde sie in seine Hand gezogen und mit der anderen zog er Luisa an, als Slei beide jeweils mit einer Hand festhielt, verschwand er mit ihnen. Alles in seiner Bewegung war so derart verbunden, dass Sarah es nicht fassen konnte, was hier gerade passiert und sie wurde ohnmächtig, ihre Träume übernahmen nun ihr Denken.

Die Löcher in den Wänden waren nicht groß, aber durch sieben Wände zu fliegen war schon etwas nicht alltägliches für Leo. Er stand auf und lächelte, es war diesmal echte Freude in ihm. Er ging langsam durch jede Wand, schaute sie an und genoß jede Sekunde davon, endlich hatte er einen Gegner, für den es sich lohnt sein wahres Können zu offenbaren. Leo stand wieder im Raum, schaute auf die blutverschmierten Leichen und war so voller Antriebskraft wie seit hunderten von Jahren nicht mehr. Wenn Slei aus diesem Tod, wiedergekommen war, dann hatte er es geschafft, die Unsterblichkeit zu erlangen und einen Entwicklungssprung hinzulegen, der ihn als Gegner interessant, ja sogar ernstzunehmend machte. Allerdings und da war Leo sicher, stand Slei trotzdem noch am Anfang von diesem Entwicklungsschritt und um das weiter zu trainieren brauchte er jetzt Zeit, auch die Tatsache, dass Slei Sarah geholt hatte, signalisierte Leo, dass er Sarah als Verstärkung brauchte und somit musste sie dann auch noch von Slei unterrichtet werden, damit sie ebenfalls auf diese Weite kommt. Also grob zusammen gepeilt, brauchten sie noch vielleicht einen Monat, bis sogar zwei. Slei hatte es geschafft, in dieser kurzen toten Zeitperiode sich zu entwickeln und Sarah war sowieso immer die Schnellere was das Lernen betraf. Trotzdem brauchen sie erstmal Zeit, ging es Leo weiter durch den Kopf. Er lies Jort und Starko aufstehen und füllte sie mit einem Hauch von Spirit. Zombie Sklaven wie Leo es nannte. Jemand muss ja diesen ganzen Saustall aufräumen, dachte er lachend, während er den Weg in die Küche antratt um etwas zu essen.

Slei sprang durch die Schatten der Dunkelheit, er wusste jetzt ganz genau, wer Leo war, was für eine Macht er hatte, welcher Weg nun auf ihn selbst zukämen würde um Leo aufzuhalten. Obwohl er Sarah und Luisa trug wandelte er wie ein Blitz durch den Raum der Zeit, Slei hatte es tatsächlich geschafft den Pfad der Unsterblichkeit zu beschreiten und eine Weite der Macht zu erlangen die ihresgleichen suchte, dennoch war ihm klar, dass er trotzdem keine Chance gegen Leo hatte und deswegen vertuschte er seine Wege um nicht gefunden zu werden. Mit jedem Schritt weiter, tauchte er ab um eine Verfolgung zu verhindern. Es dauerte sehr lange und etliche Umwege als er irgendwo im Nichts ankam. Dieses Versteck hatte er ursprünglich für Sarah gebraucht, dass er es jetzt für Sarah benutzen würde, hätte er niemals geglaubt. Er legte beide auf das Bett und kümmerte sich um ihre Pflege. Als Sarah ihre Augen öffnete, konnte sie gar nicht glauben was sie sah, jedoch war sie nicht von Angst oder Widerstand gepackt, sie wusste, dass sie vor Slei keinerlei Angst haben musste, denn sie erkannte die Wahrheit über Leo ebenso. "Ich habe die Unsterblichkeit erlangt, dies ist eine Weite die deine nicht mal auftauchen lässt und genau deswegen musst du trainieren. Ich werde dich unterrichten, nur gemeinsam werden wir Leo aufhalten können" sprach Slei zu ihr gewandt, mit einer Zuneigung die so extrem untypisch für ihn war, dass es einfach surreal wirkte. "Ich verstehe und ich danke dir für unsere Rettung. Wie geht es Luisa?" gab sie zurück. "Es geht ihr gut, im Gegenteil zu Starko und Jort". Sarah dachte über diesen blutigen Kampf nach und wie machtlos sie war. Niemals hätte sie dies alles so erwartet und vorrausgesehen. "Wir haben keine Zeit und du wirst hart trainieren müssen. Allerdings hast du immer schneller gelernt als ich und darum hoffe ich, dass es auch hier wieder so sein wird. Leo hat uns nicht verfolgt, ich habe zwar etliche Umwege und Sicherheitsvorkehrungen angewandt um ihn abzuschütteln, allerdings war es gar nicht nötig. Ich vermute, er will sogar, dass wir trainieren und ihn dann herausfordern" während er zu Sarah sprach, starten seine roten Augen sie durchdringend an. "Ja, ich weiß" nickte sie zustimmend.

Die Tage vergingen und Leo wanderte im Schloss umher, gelangweilt und mürrisch. Er schaute zu wie seine Zombie Sklaven sich verneigten und immer wieder Todeskämpfe ausführten, zwischendurch spielte er mit der Macht in seinen kleinen Fingern und lies sie extrem leiden. Er wartete auf das Eintreffen seiner ehemaligen Schüler und war gespannt ob Sarah diese Weite zu Slei aufholen konnte und ob die Beiden sogar noch weiter kamen. Leo hatte noch nie seine wahren Kräfte voll und ganz ausleben dürfen, darum hoffte er so sehr, sich endlich austoben zu können. Wieviel Zeit vergangen war wusste er nicht mehr, seit er unsterblich wurde.

Sarah schleuderte durch die Luft und brach dann zusammen. Slei schaute traurig zu und schüttelte mit dem Kopf. "Das wird so nichts. Ich habe es im Tod gelernt, auf kleinstem Raum, mit meinem Blut, welches sich von Innen befreite" schrie er sie an, stürmte auf sie zu und bohrte seinen Angriff regelrecht in ihr Fleisch. Schmerzerfüllt schrie sie auf und erstickte fast daran, so weh tat ihr dieser Angriff. "Vielleicht muss ich härter und tiefer gehen, damit du endlich verstehst" murmelte er vor sich hin und erhöhte den Schmerzpegel in seinem Angriff. Sarah schrie wieder auf und konnte seinem Angriff nichts entgegensetzen, tiefer ging der Schmerz und nahm ihr von innen das Leben. Der Restinstinkt, der ums Überleben kämpfte zog sich zusammen und floh ganz tief hinein, wodurch plötzlich Slei Welten entfernt war. Er stockte und riss die Augen auf, denn im selben Moment kam sie zurück nach aussen und dies sorgte für eine gewaltige Druckwelle die Slei durch die Luft schleuderte und wie eine Feder im Wind von ihr weg fegte. Slei fand im Flug seine Kontrolle wieder, steuerte sich um und landete auf seinen Füßen. Er lächelte und freute sich über ihren Fortschritt. Sarah hingegen konnte ihre gewonnene Freiheit gar nicht begreifen, war sie doch sonst immer der Meinung, sie wäre frei gewesen und hätte in ihren Möglichkeiten wahres Können erlangt, aber in diesem jetzigen Stand, war das vorherige nicht mal ein Ansatz. "Sehr gut, lass uns gleich weitermachen" schlug Slei vor. Sarah nickte und sie beide setzten sich in den Schneidersitz gegenüber, hielten sich an den Händen, schlossen die Augen und gingen tief in ihren Körper hinein, dort angekommen verbanden sie ihren Raum zu einer Einheit, dann zogen sie zuammmen weiter hinein. Beide durchquerten

Welten, Räume, Strukturen, lösten Wände auf, veränderten Grenzen und flossen gemeinsam in einen Klang der jenseits aller Festigkeiten und Verhärtungen war. Sie pochten im Takt ihres Herzens und verloren sich in unendlichen Weiten.

Luisa stand am Fenster und beobachtete sie im Schneidersitz. Die Luft um Beide herum brannte und breitete sich aus. Sie spürte wie es auf sie zukam und rief um Hilfe. Leise ertönte diese Stimme an Sarahs Ohr, sie erkannte sofort um wen es sich handelte. Schlagartig waren sie wieder da und öffneten ihre Augen. Die Luft brannte immer noch um sie herum und das Haus brannte ebenso, von ihr jedoch war nichts zu sehen, dennoch wussten sie genau wo Luisa war und wie es ihr ging. Tatsächlich war alles um sie herum in beobachtung. Es war wie eine Ausbreitung der eigenen Sinne und Wahrnehmung. Alles war greifbar und veränderbar für sie. "Wenn wir in uns abtauchen, dürfen wir den Zugang nach Aussen nicht vernachlässigen. Nicht das jemand zu Schaden kommt" gab sie Slei zu verstehen. Er nickte nur, erstaunte ihn jede eigene Weiterentwicklung aufs Neue. Wie weit man wohl kommen kann, dachte er nach und fixierte Sarah. Wie frei Leo wohl war und wieviel sie noch zu lernen hätten um sich ihm stellen zu können. Luisa erreichte die Beiden und gab ihnen zu verstehen, wie heftig ihre Präsenz geworden war. Sarah stand auf und umarmte Luisa. "Ich freue mich so sehr, dass es dir gut geht". "Ja, das habe ich tatsächlich Slei zu verdanken, niemals hätte ich das gedacht. Es bricht mir das Herz was mit Starko passiert ist, dennoch bin ich froh, dass es euch gibt. Ihr werdet Leo besiegen" lächelte sie Sarah an. Slei errötete bei dem Lob von ihr und schauderte gleichzeitig bei dem Gedanken an Leo. Er hielt sich immer für grausam und war sogar stolz darauf, aber selbst da war Leo umlängen bösartiger. Sarah boxte Slei in die Seite und grinste ihn an. "Der fiese Slei Trowin hat doch nicht etwa Angst?". Er schaute finster drein und murmelte irgendwas von "Kann sein. Selber. Zurecht. Möglich. Geht dich gar nichts an". Sie schaute ihn an und fand ihn recht süß, so wie er da stand mit seinen schwarzen Haaren die länger waren und ihm wild um seinen Kopf standen. Jetzt hatte er die gleiche Frisur wie Leo, nur eben in schwarz statt braun. Luisa stand jetzt neben Slei und sie wirkten sogar fast wie Geschwister, denn beide hatten schwarze Haare, nur in der Augenfarbe waren sie unterschiedlich. Luisa hatte grüne Augen, die aber mit Sleis roten Augen schön anzusehen war. Slei schaute auf den träumenden Gesichtsausdruck von Sarah und schaute sie erstmals mit voller Aufmerksamkeit an. Sie war eine blonde, hübsche Frau mit blauen Augen, ihre schlanke Körpergröße von 1,65m machte sie vom Ansehen her noch jünger als ihr

Alter von 25 hergab. "Ihr gebt ein hübsches Paar ab" lachte Luisa auf, mit einem Grinsen auf den Lippen. Dann drehte sie sich um, schaute auf das abgebrannte Haus und sagte "Beim nächsten Mal, solltet ihr besser aufpassen was ihr macht" daraufhin ging sie weg. Sarah schaute Slei in die Augen und war von dem rötlichen Farbton im Blick gefangen. Er hingegen war immer noch vertieft in den Gedanken, ob sie tatsächlich ein Pärchen sein könnten. Soviel ist ihm an Veränderung durchgegangen, er hatte sie irgendwie immer gehasst, warum auch immer, seit ihrer Ausbildung bei Leo. Es schüttelte ihn bei dem Gedanken an Leo und das er der alte Meister war. Noch während er weiter in Tagträumen versank, spürte er die warme Hand die ihn streichelte und berührte. Slei schaute runter und sah wie Sarah dicht bei ihm stand, hochschaute und so süß wirkte, dass er sie in dem Moment einfach küsste. Luisa schaute beim weggehen noch einmal zurück, erblickte den kommenden Akt der Liebe und drehte sich mit einem verschmitzten Lächeln wieder nach vorne. Wer hätte gedacht, wie sich das alles entwickelt. Sie spürte wie in ihr die Sehnsucht nach Starko hervorkam und war dann allein mit ihren Gedanken, als sie plötzlich vor ihm stand. Mit weit aufgerissenen Augen sah sie ihn an. Er war bleich und wirkte wie ein lebloses Geschöpf. Kein Funken mehr in ihm, keine Lebendigkeit. Er griff ihren Arm und zog sie mit sich, sie hatte keine Chance. Zwar tratt sie nach ihm, schlug ihn, ja biss ihn sogar, aber er zuckte nichtmal. Der Griff von ihm war knallhart und sein Körper voller Löcher und Schnitte. Dann erblickte sie Jort, der genauso kalt aussah und ebenso zerschnitten war. Wortlos ging Starko mit ihr auf ihn zu und als sie bei Jort ankamen, hüllte die Dunkelheit sie ein und trug sie fort, immer weiter bis eine allzubekannte Stadt zum Vorschein kam. Leo wartete am Thron. Er lächelte sie an und sagte in lieblichem Ton "Willkommen schöne Frau, jetzt wirst du nun meine Königin". "Jetzt erst" konterte Luisa. Leo blickte sie an und seine braunen Augen leuchteten, seine Präzens wurde unheimlich. Jort und Starko sackten leblos zusammen, jeglicher Spirit rauschte aus ihnen und ihre Leichen flogen zur Seite gegen die Wand. Leo lachte laut auf. Luisa schaute ihn an und blieb allein mit ihm zurück.

Slei war der Erste, der einen klaren Kopf bekam und sich wieder sammelte. Er schaute sich um und musste erstmal sein Gefühlschaos verarbeiten, was war hier los, welche Wege ist er gegangen und was hat ihn so dermaßen verändert. Diese ganzen Fragen konnte er jetzt nicht beantworten und musste sie erstmal hinten anstellen. Er lies seine Aura ausbreiten und nahm die komplette Umgebung war, niemand war zu spüren. Luisa war weg, doch wie war das möglich. Sie alleine hätte das nie hinbekommen, jedoch von Leo war ebenso nichts zu spüren. "Sarah, wach auf. Luisa ist weg" sprach er sie an und tippte ihr dabei an die Schulter. Sie lies ebenso ihre Aura ausbreiten, aber ohne dabei ihre Augen zu öffnen. In fliessender Bewegung stand sie neben ihm und war sofort bereit aufzubrechen. "Ich denke Leo hat sie geholt. Slei wir müssen los und ihr helfen" forderte sie ihn auf. "Ich weiß nicht ob wir schon soweit sind. Wenn wir zu früh starten sterben wir" widersprach er. "Aber wenn wir zu spät kommen stirbt Luisa" widersprach sie wiederum Slei. "Ja, aber wenn wir sterben, stirbt Luisa sowieso" murmelte er nachdenklich mehr zu sich selbst als zu ihr. "Ich weiß, du hast Angst, aber wir müssen uns ihm stellen, unbedingt" setzte sie an, wurde aber unterbrochen. "Ja, das sehe ich genauso, aber dann doch bitte mit einer Chance und was heißt hier Angst?" polterte er schon fast beleidigt. Doch Sarah kam eine Idee, sie setzten sich wieder in einen Schneidersitz gegenüber und hielten ihr Hände aneinander. Diesmal konnten sie ohne Rücksicht zu nehmen, soweit nach innen gehen wie es ihnen möglich war. Dies war eine gewaltige Weite und sie überblickten den Raum der Zeit. Jetzt versuchten sie mit ihrer Aura zum Schloss zu kommen und sich einen Überblick zu verschaffen, tatsächlich schafften sie es und sahen auf schreck-

liche Leichenberge. Leo hatte ganz Avenizien aus-
gerottet und als sie das Schloss durchquerten
sahen sie Starko und Jort aufgespießt links und
rechts neben der Tür zum Schloss. Sie sahen Leo
um das Schloss gehen und beobachteten wie er es
inspizierte. Bemerkte er sie etwa gar nicht? Was
tut er da? Sie versuchten sich zu nähern und tatsächlich bemerkte er sie gar nicht, doch Sarah
spürte eine Aura die beide verfolgte, aber wem
gehörte sie? Leo gehörte sie defintiv nicht. Irgendetwas stimmte hier gar nicht und wurde immer
mysteriöser. Sie zogen sich zurück und kamen in
ihrem Versteck bei sich wieder an. "Hast du diese
Aura wahrgenommen?" sprach Slei bevor Sarah
etwas sagen konnte. Sie nickte und schwieg. "Lass
uns gehen, wir sind soweit" ergänzte er noch und
blickte sie ermutigent an. Wieder nickte sie, dann
standen beide auf und verschwanden in der Dunkelheit.

Leo kehrte mit einem Besen den Hof, als sie
erschienen und sich sofort in Angriffsmodus ihm
entgegenstellten. Er winkte jedoch ab, auch ging
keinerlei Gefahr mehr von ihm aus. Irgendetwas
stimmte hier ganz und gar nicht und Slei blickte
Sarah an. "Schön, dass ihr da seid. Kommt mit
rein" sprach Leo ihnen zu und ging voraus. Als sie
durch die Gänge gingen, wirkte er überhaupt nicht
mehr gefährlich. Beide witterten eine Falle, jedoch
waren sie sofort bereit zu kämpfen. Als alle den

Thronsaal erreichten, sank er auf die Knie und sprach nach oben gerichtet "Herrin, ich habe sie hierher geführt". "Gut" entgegnete ihm Luisa und blickte beide an "Sehr schön, dass ihr endlich hierher gekommen seid. Ich bin von euren Fortschritten sehr beeindruckt. Nun denn, hier ist euer weiterer Weg. Slei du wirst von nun an mein Hund werden und Sarah, du wirst meine vertraute und Zofe". Völlig fassungslos starrte Slei auf Luisa und war schon wieder verwundert, soviel Wandel und Veränderung. Er hatte sich auf einen Kampf mit Leo eingestellt und ansonsten hatte er mehr Fragen als Antworten. "Warum Luisa tust du das?" ging von Sarah aus mit einem stechenden Blick. "Leo, komm auf meinen Schoß" rief sie zu Leo, der einen Satz machte und während des Sprunges sich zu einer braunhaarigen Katze wandelte, die es sich nun schnurrend auf Luisa's Beinen gemütlich machte. "Also Sarah. Ich bin die unsterbliche Zauberin und ich schaffe mir gerade meinen eigenen Sklavenstall oder anders formuliert mein eigenes Königreich. Allerdings akzeptiere ich nur ebenfalls sehr mächtige und unsterbliche Diener in meinen Reihen, so wie Leo. Der alte Wicht, der euch trainierte, begegnete mir als erster, bis jetzt, der es schaffte mich zufrieden zu machen. Die anderen müssen leider immer entsorgt werden, sie genügen halt nicht. Ich beschloss Leo aufzunehmen und erzählte ihm von meinem Stein, aber bevor ich ihn unterwarf gab er es an euch weiter, weil er zu dem Zeitpunkt wirklich daran glaubte. Er ist ein Trottel manchmal, aber egal jetzt. Später unterrichtete ich ihn und er schaffte den Sprung zur Unsterblichkeit. Nun ist er mein Kater. Ab da begann euer Weg und ich freue mich, dass ihr nun in meinen Reihen einen Platz haben werdet". Slei schüttelte einfach nur den Kopf, während Sarah ihren Blick noch mehr verschäfte und ihr widersprach "Das werden wir niemals. Dein Verrat und deine Taten werden dir nicht vergeben, du hast völlig grundlos Menschen getötet. Bedeutet dir Starko nichts mehr? Und auch Jort's Leben war umsonst". "Starko war ein Spielzeug was kaputt gegangen ist. Ich liebe alle meine Spielzeuge" gab Luisa kund. Slei erhob seine Hand zum Angriff und schickte eine gewaltige Druckwelle in Luisa's Richtung, die jedoch auf ihr Schild brach. Sofort schloss sich Sarah an, jedes Gespräch war vorbei und der letzte Krieg begann. Die Druckwellen beider Parteien stürmten gegeneinander, brachen alles umliegende entzwei, dass Schloss zerfetzte um sie herum. Luisa stand nun auf und erhöhte den Druck. Doch Slei und Sarah gingen mit, sie agierten zusammen, verbanden sich und konnten ihre Power ausweiten. Wären nicht alle Stadtbewohner schon tot gewesen, spätestens jetzt wären sie es. Der Sturm der Zauberer war so gewaltig, dass alles umliegende den Tod fand. Luisa schrie nach Leo, er sprang auf, wandelte sich und schloss sich auf Luisa's Seite. Das Kraftverhältnis war gleich und Luisa war entsetzt darüber, die Beiden so unterschätzt zu haben. Doch Slei gab bisher nicht alles und ging noch tiefer in sich hinein. Leo der Slei am nächsten stand, konnte ihm nichts mehr entgegen setzen und wie einst von ihm gegeben, bekam er nun die Rache zu spüren, die aus Slei's roten Augen blitzte. Leo's Haut schälte sich, Knochen zerbrachen und er verbrannte im Feuer, von dem Feuersturm den Slei entzündete. Sarah musste innerlich grinsen, denn auch sie gab noch nicht alles, sie breitete sich aus und kam von beiden Seiten gegen Luisa, wie ein Schraubstock drückte es gegen sie. Luisa stemmte die Hände nach aussen, zog ein Schild hoch und hielt mit allem was sie hatte dagegen. Sarah's Auraschraubstock wurde geöffnet, sie spürte wie ihr Druck auseinander ging und sah das teuflische Lächeln, was sich um Luisa's Lippen legte. Doch Sarah war noch immer nicht am Ende, sie machte weitere Bewegungen, zog sich noch tiefer zurück, legte Dunkelheit um sich und kam als pure Finsternis so gewaltig zurück, dass der Schraubstock gegeneinander klatschte und Luisa so hart zusammengedrückt wurde, dass ihr Blut zu allen Seiten flog. Der letzte Schrei von Luisa offenbarte ihre eigene totale Überschätzung und ihr ultimatives Ende.

Slei stand einfach nur da, hatte er sich nach Leo's Untergang rausgezogen und Sarah beobachtet. Nach ihrem Sieg gegen Luisa sahen sie sich an und nickten. "Du hast nicht alles gegeben oder?" fragten sie sich gleichzeitig und grinsten sich zu. "Nein, ich hatte noch Reserven" antworteten sie sich wieder gleichzeitig und vielen sich daraufhin in die Arme. Sie küssten sich, hielten sich fest aneinander und waren froh, das Ganze nun beendet zu haben. "Ich würde trotzdem gerne wissen, wer von uns beiden nun der Weitere ist" flüsterte er ihr ins Ohr. "Ok, testen wir es doch aus mein Schatz" entgegnete sie ihm. Sarah und Slei drückten ihre Arme gegeneinander um sich weg-zuschieben, dann gingen sie komplett an ihre Grenzen und ließen ihrem ganzen Können freien Lauf. Slei machte einen Schritt rückwärts.

Der Mann rannte weg, zumindest versuchte er es, doch er war nur ein Spielball ihrer Fähigkeiten. Sie stubste ihn leicht von der Seite an, er flog mit brutaler Kraft, krachte dann auf den Boden, dabei riss ihm die Haut und er schrie auf. Das Blut floss, sie lachte.

Ein grausames Spiel dem er zum Opfer wurde, der Mann bettelte um Gnade, doch sie schenkte ihm keine. Sie schaute ihn nur an und lachte, dann nahm sie ihm die Luft zum atmen. Er jappste, riss die Augen auf, die Luft war weg. Er versuchte alles, aber es half nichts. Sein Gesicht wurde blau, er sank auf die Knie. Sarah tratt zu ihm, streichelte über sein Gesicht und lächelte ihn an "Stirb schön". Sarah wachte mitten in der Nacht schweißgebadet auf, drehte sich um und sah Slei neben sich liegen. "Slei wach auf, es ist etwas schreckliches passiert" schrie sie ihn fast an. "Was denn" murmelte er. "Ich habe getötet und zwar grausam" stammelte sie ihm zu. "Sehr schön, ich bin stolz auf dich" brachte er gerade noch heraus, als er wieder einschlief. "Nein, du verstehst nicht. Ich..." dann wurde sie von ihm unterbrochen. "Okay, ich verstehe nicht, was ist los?" fragte er, während er sich aufrichtete und sie anschaute. "Ich habe geträumt und..." wieder wurde sie von ihm unterbrochen, als er sich abwendete und beim weggehen noch sprach ohne sich umzudrehen "Ich verstehe, du hast im Traum getötet und jetzt bist du geschockt. Vermutlich verarbeitest du nur alles. Bla Bla". Allerdings kam er nicht weit, Slei wurde zurückgezogen und knallte gegen das Bett. Dann beugte sich Sarah über ihn und ihre blauen Augen funkelten ihn wütend an "Du hörst mir jetzt zu oder ich werde dafür sorgen!"

Am nächsten Morgen waren sie damit beschäftigt Avenizien wieder aufzubauen, sodass sie Sarah's Traum erstmal hinten anstellten, doch die schockierende Wahrheit dahinter blieb ihnen im Gedächtnis und sie wussten, dass es sie einholen würde zu gegebener Zeit. Luisa hatte die Menschen in Avenzien immer gut behandelt und das sie jetzt umgebracht wurde, sprach sich in den anderen Königreichen herum. Keiner hatte ihren wahren Hintergrund gekannt und Slei's Ruf sorgte natürlich für eine vorgefertigte Meinung. Zuerst hatten alle gedacht, jetzt müssten sie sich gegen Slei stellen und mobilisierten alles was ihnen zur Verfügung stand, doch Sarah konnte vermitteln und so die anderen Könige überzeugen. Slei's Vorschlag einfach alle zu töten und sich das so einfach zu machen, wurde von Sarah sehr konsequent abgelehnt. Die Könige halfen jedoch mit und Menschen aus anderen Reichen siedelten sich wieder in Avenizien an, bis es wieder eine prachtvolle Stadt war. Sarah hatte kein Interesse daran Königin zu werden, darum regelten die Könige den Herrschaftsanspruch unter sich. Slei wurde dahingehend gar nicht gefragt und begnügte sich damit einfach der Mann an Sarah's Seite zu sein. Immerhin hatte er ja sein Ziel erreicht und Sarah ebenso, sie würden also auf lange Sicht den Wandel von Avenizien immer überleben.

"Du meinst wirklich, dass es ein Blick in die Zukunft war?" fragte Slei, als ihnen nun Luft für dieses Thema gegeben war. "Ja, es war echt und wird so passieren und ich weiß nicht warum" kam ihre Antwort darauf. Sie blickten sich beide an und Slei musste anfangen zu lachen "Ich kann mir beim besten Willen nicht vorstellen, dass du deinen Charakter änderst und so anfängst bösartig zu werden. Du hast ja auch sonst nichts gesehen. Vielleicht warst du das gar nicht oder es ist etwas das später erst logisch wird und erklärt. Wir sollten uns davon nicht großartig beeinflussen lassen. Auch wenn es spannend ist in die Zukunft zu schauen, wie du das gemacht hast interessiert mich viel mehr". Slei war immer sehr praktisch veranlagt und strebte immer danach zu lernen und sich zu verbessern, was wäre, könnte oder wie auch immer, vermied er und blieb da bei sich und das sehr strukturiert. Sarah mochte das an ihm und es gab ihr ein Gefühl der Klarheit. So konnte sie ihm vertrauen auch wenn er oft bösartiges Verhalten zeigte, dies bremste sie dann wieder aus und gab ihm eine moralische Stütze. Er beschwerte sich oft über diese anstrengende Hürde der Moral, aber Sarah glücklich zu sehen war ihm sehr wichtig geworden.

Mittlerweile war es in Avenizien wieder ruhig. Die Herrschaftsverhältnisse waren wieder hergestellt und die Menschen belebten die Stadt. Das gewöhnliche Leben mit allen Facetten erblühte und sonst gab es nichts aussergewöhnliches mehr worüber man hätte berichten können. Slei wohnte mit Sarah leicht ausserhalb der Stadt im nahegelegenen Wald, dort hatten sie eine Hütte errichtet und Quartier bezogen. Eben da spazierte er jetzt umher und setzte sich neben einen Baum, schloss die Augen und zog sich nach innen hinein, die Weite die dann nach aussen ging überstreifte das Gelände. Immer mehr konnte er so wahrnehmen. Slei breitete die Aura flächendeckend aus und versuchte die ganze Welt in seine Bewegung zu integrieren, was ihm auch gelang. Königreich für Königreich deckte er ab und sah was dort passierte, er suchte nach etwas anderem, etwas ungewöhnliches. Wenn er Königen dabei zuhörte wie sie über Gelder, Städte Aufbau und Erweiterungen sprachen, konnte er schon verstehen, dass Leo vor Langeweile starb und sich blödes Zeug ausdachte. Slei deckte auch den Himmel ab und ging höher, immer weiter, als er den Planeten verließ mit seiner Aura, kam er an das Ende seiner Bewegungsmöglichkeiten. Jedenfalls wusste er genau, hier gibt es nichts mehr, die einzige Zauberin war Sarah und bei dem Gedanken hier vor Langeweile zu verschimmeln, überlegte er ob er nicht eine Revolution unter den Königen anzetteln sollte. "Ich werde zu Leo" erzählte er sich selbst und hätte fast nicht bemerkt, dass im Himmel noch ein kleiner Funke fremdartiger Aura zu spüren war. Sofort war Slei wieder aufmerksam und untersuchte diese Spur.

Er traf Sarah in der Hütte "Ich habe eine seltsame Aura wahrgenommen, die kommt nicht von unserem Planeten". Sarah schaute ihn an und nickte "Ja, ich weiß. Seit einer Woche beobachte ich das schon. Momentan arbeite ich daran, den Planeten verlassen zu können. Die Gestalt zu wandeln, wie Leo es konnte, ist keine Herausforderung mehr. Dann wollte ich der Spur folgen". Slei starrte sie fassunglos an "Ich dachte immer du vernachlässigst dein Training und jetzt bist du schon bei der Gestaltwandlung?" Sarah nickte "Das ist der erste Schritt um sich dann auflösen zu können, dies ermöglicht einen Weltengang". Nachdem Sarah ihre Erkenntnis Slei zeigte und sie zusammen trainierten, entwickelten sie ihre Fähigkeiten weiter und schafften es so, sich von der Erde abzusetzen. Jetzt sendeten sie ihre eigene Aura nicht mehr aus, sondern waren selbst eine Form von Geistergestalt die nicht mehr gebunden war und so konnten sie der Aura folgen, über eine gigantische Weite ging die Spur, eiskalte Dunkelheit im Weltall, vorbei an mehreren Sonnen und neuen Planeten. Ihnen wurde klar, dass sie nicht am Ende ihrer Entwicklung waren, sondern gerade erst damit begannen und das Leo in seiner Begrenztheit sich selbst zur Langeweile verdammt hatte.

Auf einem kleinen Planeten, irgendwo in unbekanntem Gebiet endete die Verfolgung und sie manifestierten ihre Körper, dann schauten sie sich um. Die Wälder und Natur sahen sehr ähnlich aus, nur spürten sie hier mehrere Auren vor denen sie sich erstmal verborgen halten wollten. Sie verdeckten ihre eigene Präsenz und gingen durch die neue Landschaft, als sie beobachteten wie ein Junge durch den Wald lief mit einem Beutel in der Hand, er war ca 15 und sah aus wie ein Mensch. Interessant dachte Slei, dass es gleiche Lebensformen woanders gibt. Er hatte schon länger für sich die Theorie aufgestellt, dass eventuell Menschen ganz woanders hergekommen sind und dann im Laufe der Zeit die Zauberei einfach verlenten. Wo Leo hergekommen war, wusste er ja nichtmal selbst. Der Junge lief so schnell durch den Wald, als würde er verfolgt werden und in der Tat, dem war so. Hinter ihm liefen fünf Männer, diese sahen ebenfalls aus wie Menschen und machten keinen freundlichen Eindruck. Einer von ihnen warf ein Messer, was aber den Jungen verfehlte, denn er war sehr geschickt darin auszuweichen und es seinen Verfolgern schwer zu machen. Slei dachte noch darüber nach was Sarah jetzt wohl tun wollte, denn immerhin hatten sie ja vor unerkannt zu bleiben, aber Sarah war schon voll in Aktion, übernahm die Kontrolle von allen und keiner konnte sich mehr bewegen. "Warum verfolgt ihr den Jungen?" sprach sie den ersten an. Der Mann starrte sie an "Wer bist du? Gehörst du zu Corlus?". Er bekam so eine Schelle von Slei, dass er gegen den nächsten Baum klatschte und sich dabei sämtliche Knochen brach. Das Geräusch der bärstenden Knochen machte Slei noch lebendiger, während Sarah ihn nur frustriert anschaute. "Sie hat euch eine Frage gestellt, also kommt da auch eine Antwort, wird die nächste Frage nicht beantwortet verliere ich die Geduld" polterte Slei los und nahm dabei soviel Raum ein, dass zwei der Männer anfingen zu schreien und der dritte weinte. Der vierte starrte Slei an und in seinen Augen war purer Widerstand. "Ich sage es euch, aber helft mir gegen die" rief der Junge zu ihnen. Sarah drehte sich zu Slei um "Wir werden uns über das Töten unterhalten müssen". "Gar nichts werden wir, du lernst einfach damit zu leben. Mir stinkt dieser Kuschelkurs verdammt. Du willst nicht töten, okay, dann ist das so. Aber nerv mich nicht damit" fluchte er in ihre Richtung und seine Augen kochten vor Wut. Irgendwie war er so in Rage, dass er die vier Übrigen packte und mit ihnen verschwand. Sarah blieb mit dem Jungen zurück, sie verdrehte die Augen und fragte sich eh wie lange das mit Slei wohl gut gegangen wäre, war er doch ein unkontrollierbares Feuer an sadistischer Lust. Sie nahm den Jungen mit sich, er war genauso groß wie sie selbst, hatte braune Haare und lächelte sie frech an "Wie heißt deine Gruppe?" fragte er sie. "Wir müssen von vorne anfangen, ich weiß nicht mal welcher Planet hier ist, wir kommen aus dem Königreich Avenizien, dies liegt auf der Erde. Wie meinst du das mit der

Gruppe?" gab sie zurück. Der Junge stellte sich mit Namen Septis vor und berichtete ihr, dass sie auch auf der Erde seien und beide wunderten sich über die gleiche Namensgebung, doch konnten keine Erklärung dafür finden. Diese Erde hier, hatte drei große Gruppen. Angeführt von mächtigen Menschen, Septis gehörte zu Corlus, dies war der Herrscher der Wüste. Die Männer die Slei mitnahm gehörten zu Analia, sie war die Herrscherin der Wälder und der dritte war Breos, der Herrscher der Berge, seine Gruppe aber beteiligte sich nicht an den Kämpfen der beiden anderen. Sonst gab es hier niemanden mehr, alle die sich nicht einer dieser Gruppen anschlossen wurden umgebracht. Keiner überlebte hier ohne Schutz der Gemeinschaft. Der Junge sprach über Corlus, er war ein Mann mit langem Bart und lebte vorher alleine in der Wüste, ein sehr bescheidener Mann. Er liebte seine Ruhe und Freiheit, als dann Analia sich eine Gruppe bildete und anfing andere auszurauben, zu plündern und foltern, da blieb nichts anderes übrig, als es ihnen gleich zu tun und sich zu schützen. Corlus war ein Mann mit Ehre und die Menschen suchten den Schutz bei ihm vor Analia.

Slei kam mit seinem Anhang irgendwo anders im Wald an, er brauchte nur einen der ihm seine Fragen beantwortete, also wollte er sich jetzt erstmal richtig abreagieren. Der mit dem größten

Widerstand wurde von ihm in die Luft gehoben und er brach erstmal seine Finger, einen nach dem anderen, ganz langsam und schmerzhaft. Slei saß auf einem Stein und der Mann hing vor ihm in der Luft, das Brechen der Knochen war für die anderen Männer eine reine Folter, nur alleine dabei zu zuschauen, der Mann selbst schrie und flehte um Gnade, aber Slei war voll in seinem Element. Slei steuerte gezielt die Organe des Mannes an und beschädigte sie so fein, dass der Schmerz unerträglich wurde und der Mann starb. Immer noch in der Luft hängend, lies er ihn zur Seite fliegen und holte sich dann den nächsten heran. Slei saß weiter auf dem Stein und diesmal riss er ihm einfach die Beine, Arme und den Kopf ab und warf auch das wieder zu dem anderen Toten. Blieben jetzt noch zwei, als der nächste angeflogen kam schrie der Mann um Gnade, wollte reden, aber er kam zu nichts mehr, absolut jeder Knochen kam aus der Haut heraus und Slei trennte das Skelett vom Körper. Das ganze Blut floss zu Boden und der letzte Mann fiel bei dem Anblick in Ohnmacht. "Verdammt" fluchte Slei, er brauchte ja noch jemanden zum reden. Also kümmerte er sich um den letzten Kerl, als er die Augen öffnete, redete er wie ein Wasserfall und erzählte Slei alles was er wusste, danach fiel er tot zu Boden. Slei war gnädig und ersparte ihm Schmerzen.

Analia war in ihrer Baumhütte im Wald, dort hatten sie ihre Stadt voller Baumhäuser errichtet. Sie wollte die totale Kontrolle über die Welt und Corlus sowie Breos störten ihre Pläne dabei gewaltig. Sie schaute gerade nach draußen als ihr von hinten jemand näher kam, sie spürte es, die umfängliche Kontrolle ihrer eigenen Bewegung verlor sich bis auf ein kleines Maß und dieses nutze sie um sich umzudrehen, sie zog ein Messer und schaute in so tiefe rote Augen, dass sie nur bei dem Anblick schwach wurde. Slei schaute sie an und zuckte dabei, konnte es aber noch verheimlichen. Analia's Ähnlichkeit zu Sarah war im ersten Moment erschreckend, die unterschiedliche Augenfarbe fiel ihm aber als erstes auf. Analia hatte braune Augen und ihre Gesichtszüge waren härter als die von Sarah. Auch die Augen von Analia spielten mehr in seiner Liga und der Funke schlug zwischen beiden ein, er packte sie und beide küssten sich. Sie biss ihm in den Hals und war so erregt von seiner ganzen Art, dass alle gesammelte Wut, Ziele, Hass, Frust in Lust umgewandelt wurden und sie sich aneinander im Liebesspiel austobten.

Sarah war seit einiger Zeit dabei, Gedankenlesen zu erforschen, es klappte zwischendurch ganz gut, aber nur wenn ein Gedanke länger gehalten wurde, dann konnte sie ihn finden. Wechselten die Gedanken aber schnell, so hatte sie Mühe es zu erkennen, jedenfalls stand sie vor Corlus in der Wüste, in seinem Zelt. Es erinnerte sie an Leo's Zelt und sie versuchte seine Gedanken zu lesen. Ursprünglich waren Sarah und Slei ja nur hergekommen um diese Aura zu finden, allerdings war sie auf diesem Planeten nicht mehr und da hier soviel Grausamkeit passierte, beschloss Sarah zu helfen, ausserdem musste sie sich ja auch noch um Slei kümmern, immerhin waren sie noch zusammen. Dieses Thema stellte sie aber hinten an und der Gedanke von Corlus war sehr einfach zu lesen, denn er stand ihm fast schon im Gesicht geschrieben. "Ihr seid eine Zauberin oder? Die Welten durchqueren kann, unsterblich ist und sowas?" fragte er sie direkt, obwohl Sarah diese Fragen schon erkannt hatte. "Ja bin ich, ich kam hierher mit meinem Freund. Wir sind beide Zauberer, wir haben eine Spur verfolgt, sind tatsächlich Welten durchquert und was die Unsterblichkeit angeht, so ist das Wort an sich nicht ganz korrekt, denn sterben können wir schon, nur bedarf es da sehr viel mehr als das übliche. Im Grunde altern wir nicht mehr, verbrauchen unseren Körper nicht, dies ist quasi die Unsterblichkeit" erklärte sie ihm offen, auch um Vertrauen zu gewinnen. Corlus sprach mit ihr noch lange und sie fand ihn sehr sympathisch, auch zeigte er ihr die Wüstenstadt, es waren Zelte die gemeinsam standen und alle halfen sich gegenseitig. Er erzählte ihr auch, dass Breos die kleinste Gruppe hatte, aber so hoch in den Bergen wohnte, wodurch niemand dahin kam um zu kämpfen. Diese Gruppe lebte abgeschieden und für sich. Analia's Gruppe war die größte und bösartigste, aber das lag an ihr, sie wollte nur solche Leute um sich, darum hatte sie auch die Wälder in Besitz genommen. Sarah verdrehte die Augen und wusste genau, wo Slei wohl war. Sie überlegte ob er die alle töten würde oder sie vielleicht doch anführen. Es war ihr nicht wohl, sie wollte nicht mehr mit ihm kämpfen, aber sie war die Einzige die ihn aufhalten konnte.

Slei stieg aus dem Bett und schaute auf Analia, sie war sehr hübsch und ihre Art gefiel ihm, er dachte an Sarah und überlegte ob sie beide sich vielleicht anfreunden könnten, dann schüttelte er mit dem Kopf und wurde wieder klar. "Sie würde mich umbringen wollen und dich. Hör zu Süße, ich bin mir nicht ganz klar, was das wird und was noch passiert. Im Grunde habe ich tatsächlich keine großartigen Ziele mehr, ich will für mich nur noch weiterlernen und ansonsten die Langeweile vertreiben, darum ist es mir egal ob du gewinnst, was du tust und so weiter" sagte er laut zu Analia, wobei es auch ein Selbstgespräch hätte sein können. "Halt dein Mund und komm wieder ins Bett. Ich will mehr davon" gab sie ihm kalt als

Antwort und dabei blitzten ihre braunen Augen auf. Slei grinste und stieg wieder zu ihr ins Bett.

Sarah dachte über die Zukunft nach und was ihre eigentlichen Ziele waren, sie wollte ebenfalls mehr lernen, so wie Slei, immerhin wussten beide nicht, ob es irgendwann eine Grenze geben würde ihrer Fähigkeiten, bis jetzt kamen sie immer weiter, entdeckten neue Möglichkeiten, dass sie ihre Umgebung verändern konnten, sich selbst sogar, all sowas war extrem spannend und der Hunger war immer größer als die Sättigung. Doch Sarah wollte auch Frieden und jetzt wo sie Welten durchqueren konnte, dachte sie darüber nach, überall dafür zu sorgen. Von Welt zu Welt sich allen Problemen anzunehmen, immerhin hatte sie Zeit genug. Sie wollte auch wissen, warum diese zwei Welten beide Erde hießen und sich von der Natur so ähnlich waren, es gab Wälder, Seen, Meere, Berge und wie andere Welten aussahen und ob es da sogar auch Menschen gab.

Sie beschloss also die Störquelle dieser Welt zu beseitigen und dies war Analia.

Septis kam zu ihr ins Zelt und fragte sie direkt ob sie ihn zum Zauberer machen würde, sie überlegte und fand die Idee ganz gut "Allerdings werde ich dich vorher testen und du wirst einen sehr schweren Weg gehen müssen" fügte sie noch hinzu. "Ich danke dir Meisterin, Corlus erzählte immer Legenden über Zauberer und ich träumte davon. Dafür gehe ich jeden Weg" blickte er sie mit seinen braunen Augen an und lächelte froh. "Na, dann lass uns mal anfangen, erst lernst du kämpfen, dann zaubern. Da ich sowieso erstmal überlegen muss, passt das ganz gut. Wissen deine Eltern wo du bist?" fragte sie ihn. "Ich habe keine mehr, sie wurden getötet und ich erinnere mich nicht an sie. Corlus zog mich auf und kämpfen kann ich schon" war seine Antwort darauf. "Das schaue ich mir doch gleich an" sie nahm ihn mit nach draussen und gab ihm zu verstehen sie anzugreifen. Er schlug zu, sie blockte den Schlag, legte eine ganz kleine Druckwelle an und gab ihm so einen leichten Schubs, dies sorgte dafür, dass er nach hinten musste etwa zehn Schritte. So ging es weiter, er griff sie an, mal blockte sie die Angriffe mit ihrer eigenen Hand oder mal stoppte sie ihn mit einer Druckwelle die so dosiert war, dass es wie eine Bremse auf ihn wirkte. Sie verbesserte seine Schlagtechnik und seine Tritte. Zeigte ihm noch Waffenkampf und war erfreut über seine Grundkenntnisse. Septis war ein begieriger Schüler, er saugte alles auf was sie ihm sagte und dabei flog die Zeit unbemerkbar zur Nacht.

Am nächsten Morgen stand Analia angezogen vor dem Bett und schaute auf Slei. "Aufstehen, es wird Zeit für dich an meiner Seite zu kämpfen, damit wir uns die Erde untertan machen können" befahl sie ihm. Er schaute sie nur an und grinste, dieser Befehlston und ihre Art hat schon was. Warum auch nicht, er hatte ja nichts vor. Slei stieg aus, machte sich frisch und war bereit auf die Dinge die noch kämen. Draussen hielt Analia ihre Rede vor einer gewaltig großen Anzahl schwerbewaffneter Krieger. Die Kinder blieben zurück, aber alle anderen, selbst die Frauen waren bereit für den Kampf. Grob überblickt schätzte er auf 300 Menschen. Die Gruppe ging komplett geschlossen los, zurück blieben eben nur die Kinder und 30 Erwachsene. Einen Angriff brauchten sie selbst nicht zu befürchten, waren sie die doch einzigen die Gewalt wollten. Die ganze Gruppe bewegte sich zu Fuß, dabei zogen sie Handwagen mit Proviant darauf, ansonsten käme ja auch die Jagd zur Anwendung, dafür waren alle bestens ausgerüstet. Slei dachte darüber nach wie lange sie dafür wohl brauchen würden und war schon genervt von dem langen Weg. Er sprang herunter, verwandelte sich dabei in einen Raben und flog in die Luft nach oben und kreiste dort herum. Analia schaute hoch und grinste, dies war ihr Mann und den würde sie nicht mehr gehen lassen.

Sarah und Septis trainierten wieder, er lernte so schnell, dass sie ihn in die ersten Bewegungstechniken der Zauberei einwies und ihm zeigte, wie er sich innerlich steuern musste. Septis machte gute Fortschritte und konnte seine Schläge sogar durch

Zauberei stärken, dann kam er an eine Grenze seiner Bewegung die ihm sehr viel Schwierigkeiten bereitete. "Das ist völlig normal, beschäftige dich damit und überwinde sie. So geht es uns auch, immer wieder die eigenen Grenzen überwinden" lächelte sie ihn an und machte ihm Mut. Corlus kam zu ihnen und teilte ihr mit, dass Analia und ihre Armee auf dem Weg hierher wären. Seine Späher hätten es berichtet. "Wie lange brauchen sie hierher?" fragte sie ihn. "Einen Monat Fussmarsch liegen zwischen unseren Verstecken" gab er als Antwort. Sarah überlegte und fand erstmal die Zeit mit Septis zu nutzen wäre jetzt logischer und dann könnte sie immer noch eingreifen. So ging sein Unterricht weiter, er schaffte es die erste Grenze zu überwinden und spürte wie sich Raum in seinem eigenen Körper befreite und dabei begriff er, dass Raum im eigenen Körper mit dem Raum nach aussen im Einklang war. Jeder Raum in sich, der kontrolliert wurde, kontrollierte die Umgebung. Nach 25 Tagen konnte er schon verhindern das irgendjemand an ihn ran kam und auch leichte Druckwellen aussenden die Gegner stoppten und bewegten. Sarah blickte stolz auf Septis, er war ein fähiger Schüler, doch sein Unterricht war zu Ende, denn jetzt würde sie es mit Analia klären. Sarah verschwand.

Slei war extrem genervt wie langsam alles von statten ging, aber ihnen zu helfen wollte er auch

nicht. Er saß jetzt auf einem Baum als Eichhörn-
chen und schaute runter, als die ganze Kolonne
sich nicht mehr bewegen konnte und Sarah vor
Analia stand. "Mmmhhh die beiden zusammen
hätte was..." ging ihm laut durch den Kopf, als ihn
eine Druckwelle traf die ihn vom Baum schleuderte, er knallte nach unten, wirbelte herum und
stand dann neben Analia und Sarah. "Hi, wie
gehts? Lange nicht gesehen. Gehts dir gut?"
stammelte er verlegen zu Sarah. Sie blickte ihn nur
mit den bösartigsten blauen Augen an, die er je
gesehen hatte. "Ich habe Analia's Gedanken
gelesen. Scheint dir viel Spaß gemacht zu haben.
Ich wollte nicht mehr gegen dich kämpfen, aber
wenn du jetzt eine neue Freundin hast, dann wird
das so sein" fauchte sie ihm entgegen. "Moment,
ich bin mit ihr nicht zusammen, wir sind nur..." da
stoppte Slei und zuckte einfach mit den Schultern.
Analia mischte sich ein "Hör nicht auf ihn Blondie,
er weiß nicht was er sagt, er gehört zu mir und du
verschwindest jetzt". Sarah verstand plötzlich
warum Menschen töten und warum es ihnen Spaß
machte. Sie hob ihr Hände nach vorne und breitete
sie aus, wodurch Analia mittig auseinander
gerissen wurde, die Knochen und das Blut, die
Gedärme alles teilte sich und rutschte dann an den
Innenwunden nach unten auf den Boden, die Kör-
perteile lies sie links und rechts wegfliegen. Slei
lachte laut auf und wollte ihr schon gratulieren,

als ihn ihre Faust traf und ihm schwarz vor Augen wurde. Slei fiel um und blieb bewusstlos liegen. Sarah war jetzt voll in Rage, sie schnappte sich den ersten Mann der vor ihr war, der Mann rannte weg, zumindest versuchte er es, doch er war nur ein Spielball ihrer Fähigkeiten. Sie stubste ihn leicht von der Seite an, er flog mit brutaler Kraft, krachte dann auf den Boden, dabei riss ihm die Haut und er schrie auf. Das Blut floss, sie lachte. Ein grausames Spiel dem er zum Opfer wurde, der Mann bettelte um Gnade, doch sie schenkte ihm keine. Sie schaute ihn nur an und lachte, dann nahm sie ihm die Luft zum atmen. Er jappste, riss die Augen auf, die Luft war weg. Er versuchte alles, aber es half nichts. Sein Gesicht wurde blau, er sank auf die Knie. Sarah tratt zu ihm, streichelte über sein Gesicht und lächelte ihn an "Stirb schön". Dann wendete sie sich der Gruppe zu und lies ihre gesamte Macht auf die Menschen, sie zerfielen alle zu Staub. Sarah hob die Hand und ein Stock flog hinein, sie ging mit den Fingern über das Ende und schnitzte sich mit gezielten kleinen Druckwellen eine Spitze, damit ging sie auf den bewusstlosen Slei zu und stach es ihm durch sein Herz. Er zuckte auf und blieb reglos liegen. Sarah schrieh auf, war voll in Rage, als Septis ihr eine Druckwelle entgegen warf, die für sie wie ein leichter Windhauch war, sie drehte sich um und riss ihm den rechten Arm ab, dann als das Blut spritzte kam ihre Emotionskontrolle zurück und sie begriff was sie da gemacht hatte. Sie stoppte sofort Septis Blutung und drückte ihn an sich, dabei flüsterte sie ihm ins Ohr "Es tut mir so leid".

Als sie beide wieder in der Wüste im Zelt waren, wurde die Schulter richtig verbunden und Corlus erfuhr alles was passiert war. Sarah schämte sich, aber Septis war nicht sauer, er hatte panische Angst vor Sarah gehabt, weil ihre Macht extrem heftig gewesen war. Sarah versprach ihm, ihn nun vollständig zu unterrichten und ihn mit-zunehmen. Als Slei auftauchte und lächelte, schaute Sarah ihn verdutzt an, immerhin hatte sie sein Herz durchbohrt. "Es scheint so, dass ich tat-sächlich unsterblich bin und nicht nur alterslos, da ich es im Tod gelernt habe und ihr halt alle lebendig. Ist das nicht schön?" grinste er sie an. Sarah schaute ihn an und lies eine Druckwelle die von ihr zur Schneide geschärft wurde durch Slei's Hals gleiten, das Blut spritzte, er röchelte, fiel auf die Knie und dann nach vorne. Das Blut lief aus und es vergingen nichtmal fünf Minuten, da stand er wieder auf und musste erneut grinsen. "Siehst du Schatz" säuselte er sie an. "Du kannst dir gar nicht vorstellen, wie sauer ich auf dich bin. Du schläfst mit einer anderen Frau, tötest einfach Menschen und durch dich wurde Septis Arm verletzt" fluchte sie ihn an. "Nein, Ja okay doch.

Ich habe dich betrogen, tut mir leid, kommt nur vielleicht wieder vor, ich meine nicht. Achja, aber du tötest ja auch. Übrigens dein Traum wurde wahr, du kannst tatsächlich in die Zukunft schauen. Ich gratuliere und der Arm von unserem Schüler wächst von selber wieder nach, wenn der Bengel eine gewisse Weite erreicht hat, dann kann er das selber machen. Er muss sogar, sonst können wir hier nicht weg, aber das müssen wir, denn hier gibt es nichts mehr für uns zu tun" schwadronierte er und fühlte sich pudelwohl. "Ich weiß nicht, ob ich dir den Betrug verzeihen werde, ob es überhaupt noch ein UNS gibt und UNSER Schüler? Du hast zwar recht, aber ich muss erst mal darüber schlafen" blickte sie ihn böse an. "Ich bin tatsächlich unsterblich, du wirst mich also nicht mehr los und willst ja auch gar nicht" sprach er selbstgefällig und streichelte sie dabei. Sarah schaute ihn an und ging davon. Slei schaute ihr nach und drehte sich um zu Septis "So, du willst lernen? Lass uns loslegen". Septis nickte und sie begannen zu trainieren. Der Unterrichtsstil von Slei war anders als Sarah's und Septis konnte diese Kombination gut gebrauchen, er saugte ebenso jedes Wort auf und war Slei dankbar. Interessanterweise war Slei ein guter Lehrer und hatte hier ein Verantwortungsbewusstsein was ihm sonst völlig fehlte. Slei liebte das Lernen und die Entwicklung und fühlte sich für Septis vorankommen verantwortlich, er war selbst dankbar, wenn er lernte und verstand den Wunsch umso mehr. Sarah beobachtete die beiden und konnte nicht umhin anzuerkennen, dass es besser wäre mit Slei zu gehen, allerdings würde Slei halt auch immer wieder nunmal tun was er tut, böse sein und ihn dabei zu überwachen wäre leichter wenn sie zusammen bleiben würden. Auch fühlte sie sich von ihm noch angezogen "Ob ich ihn noch zurecht bekomme?" ging es ihr über die Lippen. Die Entscheidung war gefallen, sie blieben also zu dritt. Jetzt stand der Unterricht von Septis auf dem Plan und dies würde sie nun beide voll und ganz beanspruchen. Die Nacht brach herein und Sarah legte sich schlafen. Slei und Septis trainierten die Nacht durch.

Am nächsten Morgen stand Sarah früh auf und sah die beiden immer noch trainieren. Slei stoppte und teilte Septis mit, dass er jetzt schlafen gehen und Sarah nun einspringen würde, dann ging er zu ihr, streichelte sie und wollte Sarah küssen, sie drehte sich weg und sagte "Du kannst mich mal". "Ja, genau das wollte ich ja" flüsterte er ihr ins Ohr und küsste ihren Nacken entlang. Sie trat ihm mit dem Knie in die Weichteile und er ging zu Boden. "Ich bin noch sauer" kam schnippisch die Ansage. Slei erhob sich und nickte, dann ging er schlafen. "Ich will weitermachen, ich will noch viel mehr lernen" bettelte Septis Sarah an und sie nickte nur, dann übernahm sie den Unterricht.

Corlus traf sich mit Breos und sie vereinten ihre Gruppen, so das jeder der wieder mit Streit anfing, sofort weggesperrt, beziehungsweise hingerichtet wurde. Freiheit und Frieden war das oberste Gebot und selbst die restlichen Anhänger von Analia sahen es ein, wodurch sie sich den anderen Gruppen anschlossen. Corlus und Breos verbrachten viel Zeit mit dem Aufbau der Waldstadt und dem Ansiedeln ihrer eigenen Leute, sodass jetzt wieder Menschen im Wald lebten, aber keiner mehr in Kämpfe verwickelt wurde. Drei Jahre vergingen und Septis erreichte Stück für Stück mehr Freiheiten in seinem Körper und somit mehr Fähigkeiten die es ihm ermöglichten ebenso alterslos zu sein, sowie die Welt jetzt endlich verlassen zu können, sein rechter Arm war geheilt, diese Fähigkeit freute ihn und er war sehr dankbar ihr Schüler zu sein. Er ging zu seinen Lehrern und stand neben ihnen. Sarah, Slei und Septis waren jetzt bereit zu neuen Abenteuern, sie verabschiedeten sich und verliessen die Welt in der Hoffnung auf die Aura zu treffen, wodurch sie diesen Planeten überhaupt erst gefunden hatten. Sie durchquerten wieder dunkle Weiten und kamen an Sonnen vorbei, sie sahen einen Planeten und landeten darauf, dort war nichts ausser Steine und Sand. Selbst die Luft war nicht mehr vorhanden, aber ohne ihren manifestierten Körper brauchten sie auch gar keine Luft mehr. In dem Moment fragte Septis sich ob er überhaupt noch atmen würde, denn daran konnte er sich gar nicht erinnern, damit müsste er sich später beschäftigen. Sie zogen weiter, bei der nächsten Sonne flog Slei darauf zu und manifestierte seinen Körper, er verbrannte in der Sonne zu einer dunklen Masse, kam aber wieder nach fünf Minuten zum Leben und kehrte zurück, er liebte es diese Fähigkeit erlangt zu haben und es immer wieder zu testen. Sie flogen weiter und kamen an einen Planeten der ihnen zwar neu, aber dennoch vertraut war, er hatte Natur, Wälder, Flüsse, Seen und ihnen kam der Gedanke, dass diese natürliche Art, ein Bestandteil des Lebens im Allgemeinen war und Wüste dann das Gegenteil. Als sie ihre Körper manifestierten und Septis atmete, stellte er fest, dass er zwar auch ohne Luft leben konnte, beziehungsweise immer Luft da vorhanden war wo es die Fauna und Flora gab, aber wenn er Luft atmete es seinem Körper besser ging. Sie setzten sich in den Wald und alle drei schickten ihre Auren in verschiedene Richtungen. Sarah kam in einer Stadt an und beobachtete die Lebewesen dort, es waren auch Menschen, vermutlich waren sie immer da, wo es ebenfalls Natur gab, als würde es einen Zusammenhang geben. Sie schaute sich die Stadt an und stellte fest, dass diese Menschen miteinander friedlich lebten und verließ sie wieder. Septis war der erste der auf die fremdartige Aura aufmerksam machte, Slei und Sarah erkannten diese sofort, es war genau die, der sie nachgegangen waren. Sofort folgten sie ihr wieder. Die Aura war schnell unterwegs und sie mussten sich beeilen, denn sie drohten sie zu verlieren. Sie folgten ihr durch so dunkle Räume, an Planeten vorbei und immer wieder schärften sich ihre Sinne durch den Fokus auf diese Aura. Irgendwann nach so unendlich langer Verfolgung, kamen sie an einen Planeten der komplett aus Wasser bestand und sie tauchten mit der Aura hinab, immer tiefer hinein, bis sie eine Luftblase erreichten, durch sie hindurch kamen und darin dann einen Mann sitzen sahen, der seine Augen öffnete und sie anschaute. Sie manifestierten ihren Körper und standen ihm gegenüber. Der Mann hat nur eine kurze Hose an, komplett weiße Augen und ebenso weiße Haare. "Sarah O' Haras, Slei Trowin und Septis Lohas. Ich habe euch beobachtet" sprach er und bekam komplett schwarze Augen, dann stand er und der Übergang zwischen sitzen und stehen war für die drei nicht zu sehen. Sie knallten alle auf die Knie und waren völlig ihrer eigenen Kontrolle beraubt. Die Bewegungen des Mannes waren für sie nicht im Ansatz greifbar und er berührte Slei's Gesicht, was sich für ihn nach purem sterben anfühlte "Ja mein Junge. Das ist sterben, du bist nicht unsterblich, sondern du hast die absolute Regeneration gelernt, also nur ein Blutstropfen reicht aus, um vom kleinen zum großen wieder zum Leben zu erwachen, aber mit Unsterblichkeit hat das immer noch nichts zu tun. Die Regeneration ist die Weiterführung der Alterslosigkeit" dann ging er zu Sarah und berührte sie, dieses Fluten der Erleuchtung durchfuhr sie wie ein Pfeil den Apfel "Ja mein Kind. Das ist Erkenntnis und nicht so ein Traum der Zukunft" danach ging er zu Septis "Du mein Sohn stehst völlig am Anfang, du wurdest reich beschenkt" er drehte sich um und sprach, mit dem Rücken stehend, zu ihnen "Ihr werdet noch viel erleben, wachsen, lernen, euch immer weiterentwickeln und eines Tages, werdet ihr zu mir kommen und dann werden wir sehen, ob ihr es wert seid den Titel Zauberer zu tragen" diese Worte von ihm trafen so gewaltig ein wie die absolute und völlige Begegnung einer so gigantisch unterschiedlichen Weite, das ein Vergleich, egal wie auseinander auch immer man beschreiben möge, doch niemals treffend sein könnte. Sie wurden mit einer Macht zurückgestoßen die sie aus dem Wasser, durch das Weltall schleuderte und auf einen Planeten krachen lies wobei sie sich sämtliche Knochen brachen. Slei war der erste der sich davon wieder erholte, danach heilte sich Sarah und Septis brauchte noch zusätzlich die Hilfe seiner beiden

Lehrer. Diese Begegnung mit diesem Mann, war mit nichts zu vergleichen was jemals war und was jemals noch kommt, zumindest bis auf das Wiedersehen von dem alle wussten, irgendwann werden sie ihren Titel holen müssen, denn sie wussten jetzt was ein wahrer Zauberer war.

.

FSC
www.fsc.org
MIX
Papier | Fördert
gute Waldnutzung
FSC® C083411

Zeitfracht Medien GmbH
Ferdinand-Jühlke-Straße 7
99095 Erfurt, Deutschland
produktsicherheit@kolibri360.de